［德］于尔克·舒比格　弗朗茨·霍勒/著
［德］尤塔·鲍尔/绘
王泰智　沈惠珠/译

当世界还不存在的时候

ALLER
ANFANG

DANG SHIJIE HAI BU CUNZAI DE SHIHOU
当世界还不存在的时候

［德］于尔克·舒比格　弗朗茨·霍勒 / 著
［德］尤塔·鲍尔 / 绘
王泰智　沈惠珠 / 译

四川少年儿童出版社

copyright © 2006 Beltz & Gelberg

In der Verlagsgruppe Beltz · Weinheim Basel

本书中文简体字版权由北京华德星际文化传媒有限公司代理。

四川省版权局著作权合同登记号：图进字21-2009-63号

图书在版编目（CIP）数据

当世界还不存在的时候 /（德）舒比格,（德）霍勒著;（德）鲍尔绘;王泰智,沈惠珠译. — 成都：四川少年儿童出版社,2010.9（2018.3重印）
ISBN 978-7-5365-5098-8

Ⅰ.①当… Ⅱ.①舒… ②霍… ③鲍… ④王… ⑤沈… Ⅲ.①儿童文学-故事-作品集-德国-现代 Ⅳ.①I516.85

中国版本图书馆CIP数据核字(2010)第161310号

当世界还不存在的时候
DANG SHIJIE HAI BU CUNZAI DE SHIHOU　　［德］于尔克·舒比格　弗朗茨·霍勒/著　［德］尤塔·鲍尔/绘　王泰智　沈惠珠/译

出 版 人	常青	封面设计	周筱刚
责任编辑	连益	责任印制	袁学团
责任校对	覃秀	网　　址	http://www.sccph.com.cn
出　　版	四川少年儿童出版社（成都市槐树街2号）	网　　店	http://scsnetcbs.tmall.com
成品尺寸	133mm×205mm	经　　销	新华书店
开　　本	32	印　　刷	成都思潍彩色印务有限责任公司
版　　次	2011年7月第2版	印　　张	3.75
印　　次	2018年3月第11次印刷	书　　号	ISBN 978-7-5365-5098-8

定价：16.80元

世界到底是怎么开始的？两位作家想象并讲述出34个有关造物的稀奇古怪的故事，由于尔克·舒比格开头，弗朗茨·霍勒收尾，中间你一篇我一篇，轮流登场。

6　一个小小的开头（于尔克·舒比格）
8　门（弗朗茨·霍勒）
10　当世界年纪还小的时候（于尔克·舒比格）
16　造物（弗朗茨·霍勒）
18　发明（于尔克·舒比格）
20　女神（弗朗茨·霍勒）
22　动物大展示（于尔克·舒比格）
28　变魔术（弗朗茨·霍勒）
32　两支笔（于尔克·舒比格）
34　大海（弗朗茨·霍勒）
38　太阳和月亮（于尔克·舒比格）
40　星星（弗朗茨·霍勒）
42　自己造一个男人（于尔克·舒比格）
46　礼物（弗朗茨·霍勒）
48　眼睛（于尔克·舒比格）
50　鼻子（弗朗茨·霍勒）
54　当世界还不存在的时候（于尔克·舒比格）

56　在一切开始之前（弗朗茨·霍勒）
58　运动鞋（于尔克·舒比格）
62　彗星（弗朗茨·霍勒）
64　第一次旅行（于尔克·舒比格）
66　海滩（弗朗茨·霍勒）
68　胡说八道（于尔克·舒比格）
70　第一种语言（弗朗茨·霍勒）
74　乙当和丙当（于尔克·舒比格）
84　第一句话（弗朗茨·霍勒）
88　动物的名字是怎么来的（于尔克·舒比格）
90　寒冷来自何方（弗朗茨·霍勒）
92　骆驼的眼神为什么如此疲惫（于尔克·舒比格）
94　狮子为什么吃肉（弗朗茨·霍勒）
98　魔鬼为什么是坏心眼（于尔克·舒比格）
104　魔鬼的故事（弗朗茨·霍勒）
108　天使来访（于尔克·舒比格）
112　一个小小的收尾（弗朗茨·霍勒）

一个小小的开头

看,那是一个白色的东西,仅此而已。它是圆的,很圆,也很硬。它的长大于宽。长度嘛,10米~12米吧。它是什么呢?它是一枚蛋。

有人在蛋里面敲击那厚厚的硬壳,就好像有人在敲墙。却没有人搭腔:进来!或者:出去!也没有人开门。

一个小小的女人,用她小小的全部的力量,把蛋壳敲开了一个洞。小小的女人爬了出来,小心翼翼,生怕第一天就把新裙子弄破。她的身后跟着一个小小的男人,小小的男人后面是一栋小小的房子,一座开满小小玫瑰的小小花园,一只小小的母鸡,一只小小的公鸡,一只小声吠叫的小小的狗,一辆发出很大噪声的小小摩托车。然后出来一片小小的森林,小小的风,小小的湖,小小的面包,小小的小孩,一个被咬了一口的小面包。然后,世界上的其他东西,也陆陆续续地出来了。(于尔克·舒比格)

7

门

开始时,只是黑黑的一片。

到底持续了多久,这很难说,因为当时还没有时间。

反正不知是什么时候,一点点朦胧的光透了进来,一扇巨大的门显现出来。

这扇门在这里有多久了?一千年,十万年,还是百万年?当时没有人去查看历书。

然后,在空荡荡中听到了一阵嘎吱嘎吱的声音,那扇门慢慢地打开了,一只大黑鸟从里面伸出了头。它张开尖尖的嘴,大声吼叫起来,周围一下子亮了。门里面生机盎然——星星、云彩、动物、植物,后来又有了人。

大黑鸟飞走了,门却一直开着。

没有人知道它什么时候回来再把门关上。(弗朗茨·霍勒)

9

当世界年纪还小的时候

　　从前，当世界年纪还小的时候，还没有人。奶牛不需要挤奶，母鸡不需要喂食。可这些动物也生活得很好。这种状态持续了很久很久。当时的世界是那么浩瀚和荒凉。

　　有一天，人还是出现了，那是一个女人。她向周围看了看。不错呀，她说，这一切都不错呀。她又仔细观察。这些树木造得不错，她在一棵浅绿色的榉树下说。她也发现了奶牛和母鸡。这些动物造得不错，可以生蛋和产奶，它们的肉也可以吃。她拿出一把凳子，坐在奶牛身旁开始挤奶。

　　凳子是哪儿来的？

　　是她自己带来的。

　　那她就是带着行李来的？

　　就是一把凳子和一把鸡饲料呗。

她来的那个地方有凳子和鸡饲料吗?
否则这个女人怎么会把它们带来!
那她是从哪里来的呢?
从国外。
她是怎么到国外去的呢?
可能她一直就在那里。听着,我怎么会知道?要不,这个故事就由你来讲吧!

好。从前,当世界年纪还小的时候,除了云彩什么都没有。云彩上面是天空,云彩下面是大海。那是一个云和浪的世界。
然后呢?
云彩和海浪。
那么其他东西呢?有一天必然会出现的:草地、奶牛、人、村庄。
不。

为什么?

什么都没有再出现。

故事到这儿就讲完了吗?

不,还得继续讲下去,只不过没有发生什么新的事情,总是老样子:云彩和海浪,云彩和海浪。

那么风呢?

对,好吧,还有风。云彩、海浪和风。

还有你坐在上面的那张床,还有窗户、花园、你自己和我,是不是?

没有,这个故事里没有这些。

那都在另外一个故事里。那个故事讲的是伊甸园。伊甸园就是世界年纪还小的时候的名字。人、动物、植物、高山和低谷,它们都刚刚出现。他们相互问候。我叫夏娃,你呢?亚当,我叫亚当。你呢?狮子,我叫狮子。你呢?椰枣,我叫椰枣。那你呢?泉水,我叫泉水。那你呢?鳟鱼,我叫鳟鱼。那你呢?蜻蜓,我叫蜻蜓。

亚当问夏娃:对不起,您知道我们在哪儿吗?

在伊甸园,夏娃回答。

伊甸园?亚当嘟囔着。从未听说过。

他们开始了漫长的散步,穿过大大的花园,踏过潮湿的沼泽,越过松软的沙滩,他们向四周送去真诚的问候。

那是一个美丽的清晨。

一切都很新,一切都闪着光。大象晃动着大耳朵,玫瑰散发着疯狂的芳香。

我觉得,我们是这里唯一的人类,夏娃说。我们必须结婚才行。

结婚?从未听说过,亚当说。

结婚就是我们在一起。我们首先得相爱。一切都是从相爱开始的。您反对我们相爱吗？

　　相爱？从未听说过，亚当似乎有点高兴地说。

　　夏娃拥抱他，久久地亲他的嘴。中间喘气的时候，她说：这就是相爱。亚当把嘴伸了过去，夏娃继续亲他。后来，就到了中午，亚当说：我不反对这个，它甚至好像很适合我，这个相爱。

他们下一次喘气的时候,已经到了晚上。我想,我们相互之间应该用"你"来称呼了,夏娃建议。

亚当附议:很愿意,亲爱的夏娃。

世界就这样开始了。

故事完了吗?

完了。我们最好趁他们还在亲吻的时候停下来。通常,童话在结尾都是幸福的,但伊甸园的故事却是在开头。(于尔克·舒比格)

造 物

　　开始的时候,除了上帝什么都没有。有一天,上帝收到一箱子豌豆。他心里想,这是从哪儿来的呢?因为他除了自己不认识任何人啊!他百思不得其解,最后干脆把箱子放在一边不去管它。

　　七天以后,箱子里的豌豆荚裂开了,一颗颗豆粒以巨大的力量弹向了虚空。原来挤在同一个豆荚里的豆粒往往聚在一起,相互围绕着。它们开始生长,开始发光,于是虚空变成了宇宙。

　　上帝对此感到很惊奇。后来,在其中的一颗豆粒上,出现了各种生物,包括人类。由于人类认识上帝,所以就把造物的功劳算到了上帝的身上,并因此而对他顶礼膜拜。

　　上帝当然不会反对,尽管他至今也没有搞清楚,到底是谁寄来的那箱豌豆。真见鬼!(弗朗茨·霍勒)

17

发 明

　　当第一个人来到这个世界时,他所看到的世界还是空荡荡的。他四处行走,直到疲惫不堪。好像还缺少点什么,他想,对,就是缺少一个可以坐在上面有四条腿的东西。于是,他发明了椅子。他坐在椅子上,向远方望去。太好了,太好了。然后他想,好像还好得不够。似乎还缺少点什么,他想,对,是缺少一个可以把腿伸到下面、胳膊肘撑在上面的四方形的东西。于是,他发明了桌子。他把腿伸到桌子下面,把胳膊肘撑在桌子上面,向远方望去。太好了。从远方慢慢刮来一阵风,随后又飘来一片乌云。下雨了。不太好。还是缺少点什么,他想,对,是缺少一个上面有盖可以遮风挡雨的东西。于是,他发明了房子。他把椅子和桌子搬进房子,坐下,伸开腿,撑起胳膊肘,从窗子向外望着雨。太好了。

　　雨中走来了另一个人。他朝房子走来。我可以进来吗?那个人问。请吧,第一个人说。他给进来的人看他所发明的东西:可以坐的椅子、可以伸腿和撑胳膊肘的桌子、有四面墙还可以遮风挡雨的房子、可以进出的门、可以观景的窗子。另一个人看了这些发明，逐个试用并赞不绝口以后，第一个人问道：那您呢，亲爱的邻居？另一个人沉默不语。他不敢说，因为是他发明了风和雨。（于尔克·舒比格）

女 神

在最开头,当世界尚未被造出来的时候,上帝穿行在虚无当中。他虽然试图在什么地方找到点什么,却总是没有结果。就在他几乎要绝望,而且累得要死的时候,突然看见一座木板房。他敲了敲门,一位女神打开门请他进去。

她对上帝说,她正在创造世界。女神请上帝坐下,看她如何工作。

她当前正在做的,是在一个水箱里种植各种水生植物。

上帝对于所看到的情景十分惊奇,他从来没有想过要创造水这种东西。可是女神却说:其实,这才是生命真正的根基。

过了片刻,上帝问是否可以帮她干点活。女神说,如果上帝能够把水和她已经造出来的东西,送到远处众多星球中

的一个上面,她就会很高兴。

最好选择一个最不起眼的星球,先做个试验。于是,上帝就把女神造出的东西逐个从木板房里搬出来,送上了地球。所以,这个星球的人后来就只认识把一切送来的上帝,并把他当成造物主,也就不足为奇了。

至于创造这一切的女神,他们就不知道了。因此,现在有必要再提一提她。(弗朗茨·霍勒)

动物大展示

从前，有一个魔术师，他说可以变出一切该有的东西来，准确地说，是当时还没有的东西，即迄今为止还从未有过的东西。

看魔术啊！他高声喊道：这是绝无仅有的魔术！

然而，他的周围却静悄悄的。什么都没有。没有人，没有动物，树枝上连叶子都没有。

魔术师想：要表演，就得有观众，否则就不能算是表演。他把手伸进长袍的宽大袖口里，一下子拉出来很多人，有女人，有男人，还有孩子。

看魔术啊，女士们，先生们！他高声喊道：这是绝无仅有的魔术！

他歪戴着帽子，大张着嘴巴。一个小孩开始鼓掌。

魔术师鞠躬行礼。

看魔术啊！女士们，先生们！今天我要为你们演示的，就是我那伟大的动物大观园！

表演开始了。魔术师看了一眼自己的大袖口。哈哈，我看到了什么？他喊道，又摇了摇头。真是不敢相信：是一只小猫！于是，他从里面拎出了一只喵喵叫着的黑白相间的毛茸茸的小猫崽。

观众鼓掌。魔术师再次鞠躬行礼。小猫跳到地上一溜烟逃走了。

看魔术啊！女士们，先生们。绝无仅有的魔术！

观众不得不再次鼓掌，魔术师又往袖口里看了一眼。哈哈！他喊道。

大家走近了一些，都探头往魔术师伸过来的黑黑的袖筒里面看。

啊！我看见什么了？真不敢相信：是一条狗！千真万确！一条牧羊犬汪汪叫着从袖筒里面跑了出来。

观众鼓掌。魔术师鞠躬行礼。

看魔术啊，看魔术啊！女士们，先生们，现在该什么动物登场呢？请大家猜一猜!

一个小姑娘喊：一匹大马!

魔术师仔细地检查了一下自己的袖口。他好像很惊奇：什么？一匹大马？真是一匹大马！他费力地从袖子里拉出一匹白马来。

真是难以置信！小姑娘喊道。她摇着头看着那匹跑向远方的白马。

大家又鼓掌。这时，一只老鼠突然从魔术师长袍的袖口里探出头来。它用小鼻子闻了闻，立即又缩了回去。

看魔术啊，看魔术啊！魔术师高声喊道。他把手伸进袖筒深处。哈哈！我又看到了什么？他什么都没有看到。他想捉住老鼠，可惜没有成功。

观众哈哈大笑起来。

笑声戛然而止，因为魔术师咯吱咯吱地从袖筒里面拉出了一头长颈鹿。行了，今天就到此为止吧，他气喘吁吁地说。

可是，他再次把手伸进了袖筒。一座售报亭被拉了出来，那里面有：报亭女主人、香烟以及还无法阅读的报纸。因为那时有什么可以报道的

25

呢？又有谁去写这些报道呢？为了让人们买点什么，魔术师还从袖筒里变出一些钱币，分给把手伸出来的观众。

演出持续了好几个星期。然后就发生了一件愚蠢的事情。魔术师站在平时演出的广场上，这时周围已经有了很多房屋和树木，夜里也有了街灯照明。他在自己黑色的胡须中寻找开头丢失的老鼠。

看魔术啊，看魔术啊！他喊道，绝无仅有的魔术！观众都来了，同时来的还有魔术师头一天从袖口里变出来的一名警察。

这里是严格禁止变魔术的。警察说。

魔术师请求他原谅，说马上就结束，只有三四件小东西了。他让一只白鸽从袖筒里飞出来。

警察大声说：够了。他双臂交叉抱在胸前，一直等到魔术师从广场离开，他还望着身穿宽大长袍、满脸胡须的魔术师高大的背影。

故事讲完了。

有些人可能还在猜,如果魔术师继续表演,还有什么小东西会变出来。

也有些人设想出自己最喜欢的结局。他们说,魔术师会把警察和他变出的所有东西都收回袖筒里,然后自己也钻进去。

最后剩下的,就只有那件绣满星星的宽大长袍了。(于尔克·舒比格)

变魔术

　　一个很小的上帝曾试图创造一个世界，但这对他实在太难了。结果不知什么时候，他突然消失了，不知去了什么地方。他的尝试，最后只剩下一堆土，土堆上还躺着一颗西班牙核桃和一粒李子核。

　　它们俩都觉得很无聊。

　　大约过了一百年，那颗西班牙核桃说：我会变魔术。

　　连你自己都不相信，李子核回答。

　　又过了一百年，西班牙核桃说：我就是会。

　　别胡说了，李子核反驳道。但是又过了无聊的一百年后，它却问：你会变什么魔术？

　　西班牙核桃说：我可以把你变成一棵树。

　　一棵树？这是什么意思？

　　等变了以后，你就知道了。

李子核需要时间考虑考虑。考虑了多久呢？大概也就两三百年吧。它想，如果我变了，那我就不再是李子核，而是其他什么陌生的东西了。最后，它实在感到无聊，便对西班牙核桃说：好吧，那就试试吧。

　　钻到土里面去，核桃命令道。于是，李子核就钻进了土堆，直到土把它完全掩盖。

　　树干干，干干树，核桃口中念念有词。它的外壳发出咯吱咯吱的响声。

　　现在呢？李子核发出沉闷的声音问。

　　现在你必须等待，核桃说，一直等到魔术发挥作用。于是，李子核开始等待。

　　又过了一百年，核桃喊道：你有感觉了吗？

没有，土堆里传出这样的声音。

树干干，干干树，核桃又念起了咒语，并再次让外壳发出咯吱咯吱的响声。

又过了一百年。

怎么样？核桃喊道。

什么都没有！李子核闷声闷气地回答：我早就知道，你根本就不会变魔术。

少安毋躁！核桃喊道。然后它集中自己的全部内力吼道：树干干，干干树！它的外壳使劲作响，结果一下子爆裂开来。

就在这时，土堆里面的李子核发生了奇妙的变化。它的外壳突然裂开，一条细细的丝从里面冒了出来，伸入土中，往上伸出一支茎蔓，逐渐变粗，接着又向上钻去，直到钻出土堆。

我出来了，它对核桃说。

好久不见了！核桃说。

茎蔓不断向上长着，逐渐变成了一株小小的木质树干，上面长出树枝和树叶，突然有一天开满了花朵。不知从什么地方飞来了蜜蜂。鸟儿也开始在上面筑巢，养育子女，展开歌喉欢唱，并用尖尖的嘴从土地里叼出蚯蚓。

那么现在呢？变化以后的李子核问。

现在你已经是一棵树，还将长出果实，已经有些干枯的核桃回答。

刚才叼出蚯蚓的鸟儿，从树上飞下来，用嘴叼起核桃，把它啄碎，衔起桃仁去喂它的小鸟了。

你为什么要这么做？李子核对小鸟喊道，核桃是会变魔术的。

魔术？什么是魔术？小鸟问，同时唱起了一支美妙的歌曲。太阳落入远处的山峦，一切都陷入一片火红的霞光之中。（弗朗茨·霍勒）

两支笔

　　一支铅笔和一支彩笔在争论到底谁更重要。为了显示自己的能力,铅笔画了一只小船、一艘帆船、一只舢板、一条独木舟和一艘轮船。那支蓝色的彩笔则画了一片海洋。

两支笔画得又累又渴,笔尖几乎秃了的时候,彩笔说:给我画一只杯子吧,亲爱的铅笔,我好往里面画点水。

　　我画两只杯子,你不反对吧?铅笔问。(于尔克·舒比格)

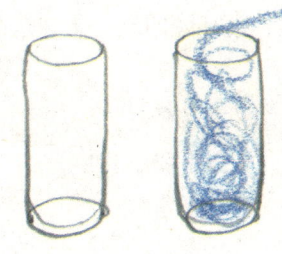

★ 海

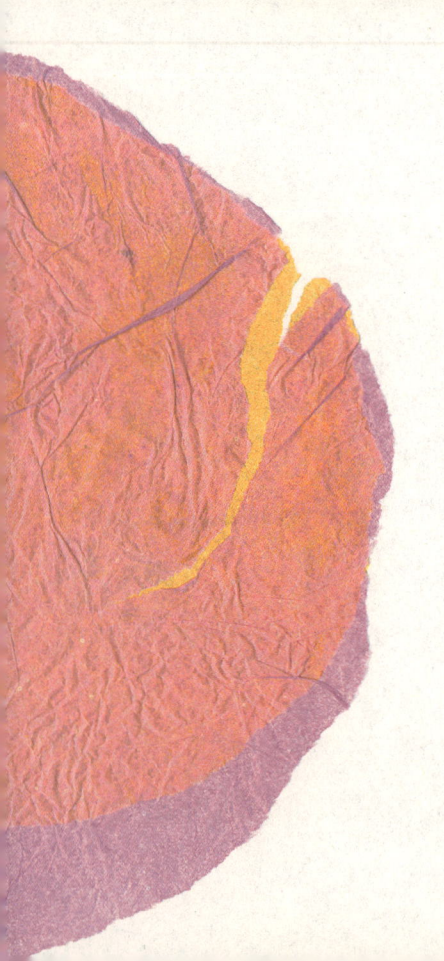

　　一声巨响之后，地球就傻傻地挂在了宇宙中，它试图回忆自己到底是从哪里来的。

　　原来不就是一个小碎片和其他碎片聚集在一个温暖的黑洞里吗？它们相互簇拥着、摩擦着，直到那声可怕的巨响把它们拉扯开，最后甩了出去。在急速的运行中它肯定是膨胀了不少，因为放眼望去，它已经变成一个圆球，看不到底部了，而且身体也变得很粗糙，就像穿上了岩石衣服。地球很害怕黑暗中的孤独，便环顾四周，想知道是否还能看到曾在黑洞里休戚与共的其他小碎片。

　　他很高兴能看到太阳，又大又亮。

　　太阳啊！它高声喊道，别撇下我不管！

不要害怕，太阳朝地球喊道，我会扶助你！于是，太阳向地球伸出了温柔的手，拉着它缓慢地围绕自己旋转。所幸太阳还随身携带着一片温暖，照得地球很舒服。

地球刚刚得到帮助，就听到一个声音在喊：地球啊，地球啊，别撇下我不管！它转向另一侧，看到了原来在黑洞中和它在一起的月亮。

不要害怕！它朝月亮喊道，我会扶助你！地球使出全部力气拉住月亮，让它缓慢地围绕自己旋转。

它们就这样旋转着，一年复一年，百年复百年，千年复千年，百万年复百万年，直到地球觉得厌烦。

太阳啊，它喊道，我不知道应该干什么！

跳舞吧！太阳喊道。

什么？地球问。

你自己也旋转起来吧！太阳喊道，那样很好玩的！

地球使足全身力气，开始旋转起来。它转得很高兴，但也觉得很累，

最后甚至累出了汗。它越旋转，出的汗就越多。而这些有咸味的汗水，你们可能已经猜到了，就是大海。

地球很喜欢在岩石服装外面再罩上一件潮湿的外套。他很满意自己的舞姿，从此再也没有停止过自我旋转。

至于海水为什么没有把整个地球盖住，这是另外一个故事，下次再讲给你们听。（弗朗茨·霍勒）

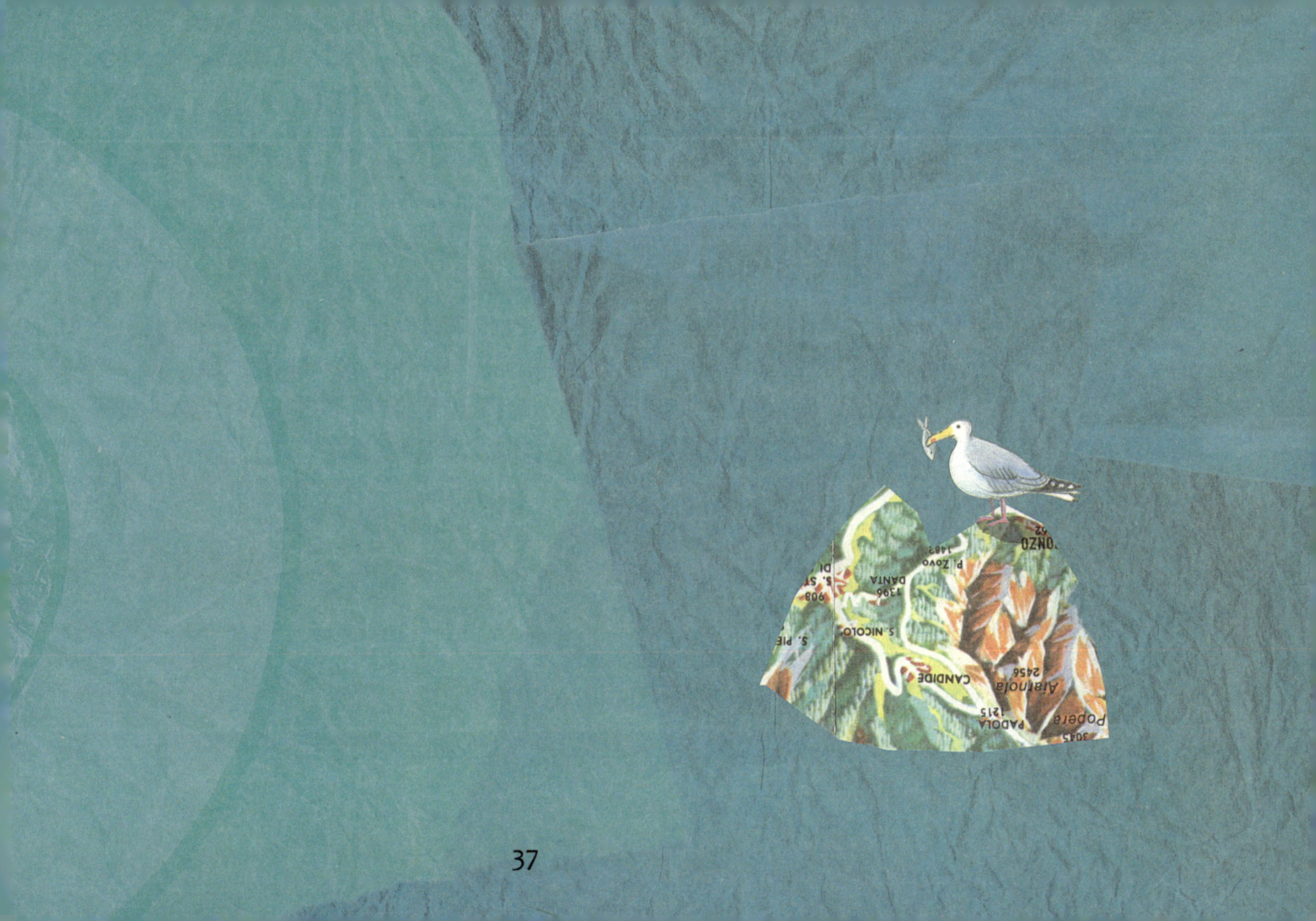

太阳和月亮

很久以前，几乎是最久以前，那时只有一片青天，太阳和月亮就睡在天上，就像睡在一张华盖床上。有一次它们醒来，相互看了一眼。其实也没什么可看的。太阳用它的大灯点亮月亮，月亮用它的小灯点亮太阳。除此之外，再也没有什么可以让它们点亮了。它们感到无聊之极。

我们能干点什么呢？太阳问。

继续睡觉，月亮建议。

可太阳有一个更好的主意：我们制造一个世界吧！

怎么造？月亮问。我们没有手啊。

那我们就用脚。

我们也没有脚啊。

反正可以想点办法，太阳说。

于是，它们开始行动，并且最终取得了成功。否则就不会有我们的世界。

它们造了水、天气、山、树木、蔬菜、水果和各种动物，两条腿的、四条腿的、六条腿的、八条腿的，等等。太阳制造了向日葵，月亮制造了月亮花。它们累得要命，可世界还远远没有造完。

我们怎么办？月亮问。

我们制造人类，太阳说，让他们有两只手和两只脚，让他们当我们的帮手。

于是，人类出现了。人类开始修建桥梁和隧道、铁路和高速公路。人类建造了房屋和楼阁，太阳和月亮造出了家畜和飞禽。太阳和月亮造出了草药和沙砾，人类造出了药茶和沙钟。这是很好的合作。当然也造出了不少废物和垃圾。

世界就这样诞生了。本来是出于无聊，现在大灯和小灯终于有东西可以照耀了。（于尔克·舒比格）

星　星

　　从前，当地球母亲还在做各种试验的时候，人类的头上并不长头发，而是长花草。人们头上顶着一片小小的彩色原野四处游荡，看上去很漂亮，特别是当花朵盛开的时候。但是，这些花朵却招来了蜜蜂，因此，始终有一群蜜蜂围着人们头上的原野转。人们稍有不慎，就会被蜜蜂蜇伤。

　　人们终于受不了了，于是说，这样下去是不行的。

　　人们把花朵从头上拔下来，使劲向天空扔去。花朵都留在了天上，闪闪发光，成了现在的星星，而留在人们头上的花梗就成了头发。

　　我们都知道，光头的人特别喜欢看天上的星星，却不明白是为什么。（弗朗茨·霍勒）

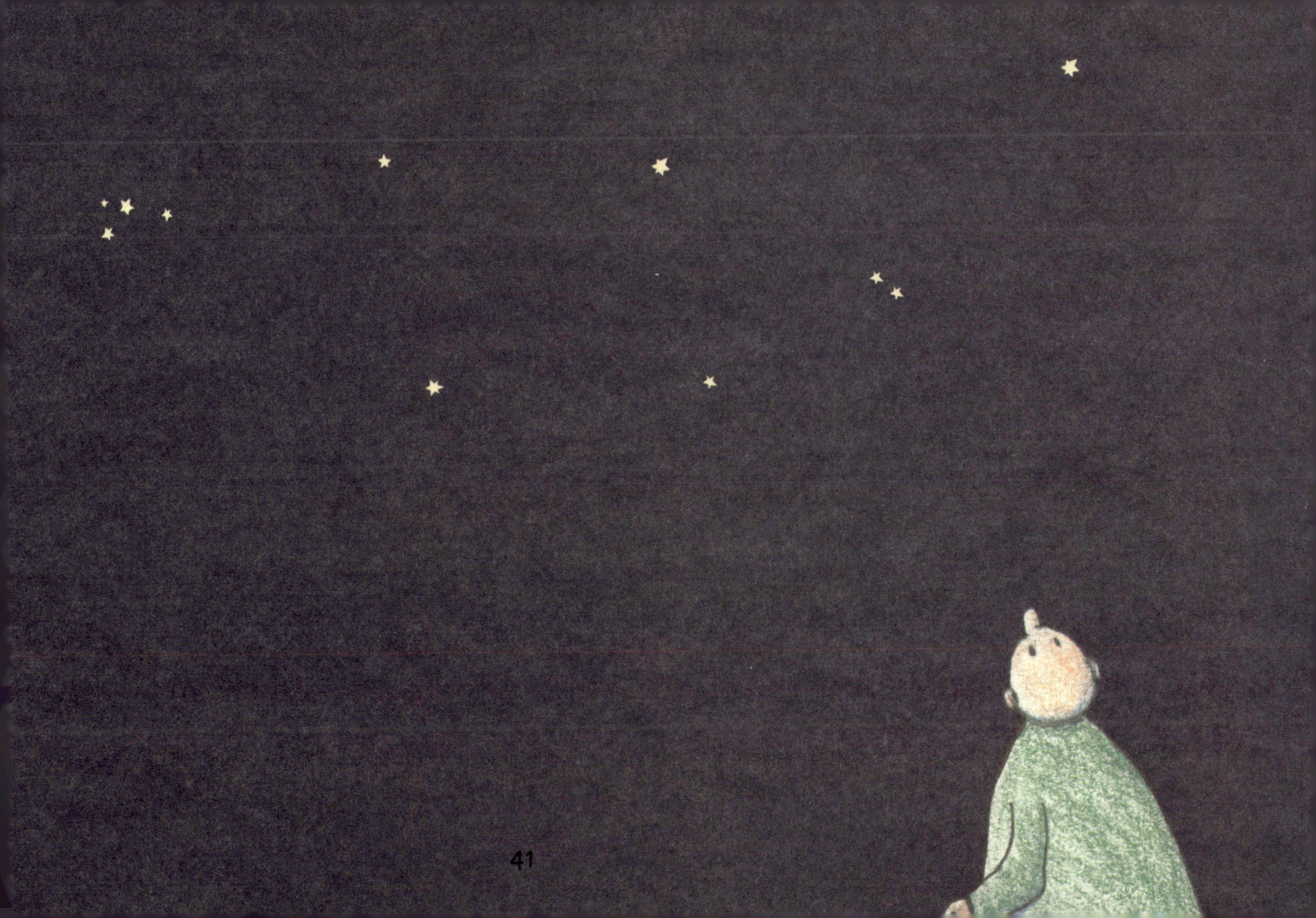

自己造一个男人

从前有一个女人，不仅长得非常漂亮，而且聪慧过人，充满青春活力，于是所有的人都想和她结婚。男人们都来了，他们来自四面八方：英国的、荷兰的、格陵兰的，甚至爪哇国的。

最奇怪的是其中还有一头化装成男人的北极熊。

这个女人当然希望找到一个与她相配的英俊、聪明、年轻的丈夫。她把来访的男人逐个审视了一遍。第一个长着一头金发，像是一位王子，但走路的时候两条腿似乎不听使唤。第二个一见面就道歉，并且一再道歉，却不知道是为了什么。第三个裤子里前后仿佛都塞了厚厚的枕头，而且还十分愚蠢。女人问他：三乘以三等于几？他就开始数自己的手指头，结果还是算错了。又向他提一个问题：和尼罗河押韵的词是什么？他回答道：尼罗河马。第四个喋喋不

休，没完没了，女人根本就无法向他提问。

　　第五个沉默寡言，干脆什么都不说。

　　第六个就是那头化装成男人的北极熊。他脖子和脸上的毛太多，所以女人立即把他打发走了。女人真想痛痛快快地哭一场。北极熊临走时给她留下了通信地址。万一你改变主意了呢，他用英文说，然后鞠了一躬就走了。

　　唉，女人抽泣着说，这么多男人，却没有一个适合我。

　　由于她不仅漂亮、聪慧和年轻，而且还很坚强，所以很快就恢复了正常。

　　她喊道：那好吧；那好吧，就这样吧！

　　我要亲手造一个男人！

　　说干就干，她立即投入了工作。她锯呀锯，刨呀刨，粘呀粘，缝呀缝，塞呀塞。一个星期以后，一个男人造完了。非常英俊，非常年轻，胡子刮得干干净净。他还不够聪明，但他肯定会聪明的。

女人把自己的全部知识都传授给了这个男人——关于动物和植物，关于陌生的国度，关于古老的时代。她教他读书、写字和算术。很快，他就和她一样聪明了。
　　三乘以三等于几？
　　等于九。
　　和尼罗河押韵的词是什么？
　　鳄鱼窝。
　　女人为男人感到自豪，并深深地爱上了他。
　　我们什么时候结婚啊？女人问。
　　男人回答：永远不。我必须去周游世界。去尼罗河，去密西西比河，去亚马孙河。我必须去生长胡椒和薄荷的地方看看。他说完就迈开腿，走了。

女人很难过,哭了很久,把所有的手帕都用完了。那好吧,那好吧,就这样吧,她说。她不知道以后该怎么办。

又过了好几个月,她在清理废纸时发现了北极熊留下的地址,就给北极熊写了一封很长的信。北极熊很快给她回了一封很短的信,上面写着:我就来。(于尔克·舒比格)

礼 物

开始的时候，什么都没有，只有两只在黑暗中挣扎的山鸦。

它们很是相爱，想互送一件礼物。

可当时什么都没有，该送什么呢?

于是，它们决定先分开，等找到礼物后再相会。

它们飞得很远很远，很久以后才回来。

一只山鸦嘴里叼着一颗小石子，另一只山鸦带回了一丝光线，于是它们互赠了礼物。

光线刚刚照到小石子上，小石子就闪闪发光了，而且变得越来越大，大到两只山鸦都可以坐在上面。

过去它们只能在空中飞，现在是第一次坐在一个地方。

这时它们才发现在虚空中不停地飞翔是何等疲劳。

它们再次相互表达了爱情,便一起死去。

小石子却不断长大,变成了第一颗星星,后来在它身边又出现了其他的星星。(弗朗茨·霍勒)

眼 睛

　　有一个时期，所有的东西都长着眼睛，甚至包括石头、水和沼泽。不仅山羊有眼睛，而且连山羊粪都有眼睛，因此它到现在仍然是圆的。一切东西都有眼睛，大家都在看，却没有什么可看的。

　　然后，太阳突然升起来了，它的光太亮，所有的眼睛都闭上了，其中一些就再也没有睁开。动物和人类的眼睛后来又睁开了，眨巴着。现在已经有了可看的东西，但看见的到底是什么，他们还是不知道。

　　到处都堆满了东西。固定的东西之间还有活动的东西，眼睛必须跟着它们转来转去才行。所有的东西都乱糟糟地挤在一起，看上去让人头晕。完整和不完整的鼻子、嘴、爪子和蹄子。到处都是绿的、绿的、绿的，上下翻腾着，幽幽闪烁着。

长话短说：太阳第一次升起后，动物和人类所看到的，就是一片乱七八糟。谁来整理呢？

那是一个黑暗的时期，一切东西都有眼睛。现在还有很多残迹都是佐证：孔雀羽翅上的眼睛，脚上的鸡眼，漂浮在肉汤上像眼睛一样的油花。（于尔克·舒比格）

鼻　子

　　人们常常忘记,地球最早的时候是一只动物。对动物来说,除了视觉,嗅觉就是最重要的功能,所以地球上的各个地方都长着各式各样的鼻子。大部分鼻子长在高处,例如山崖上。

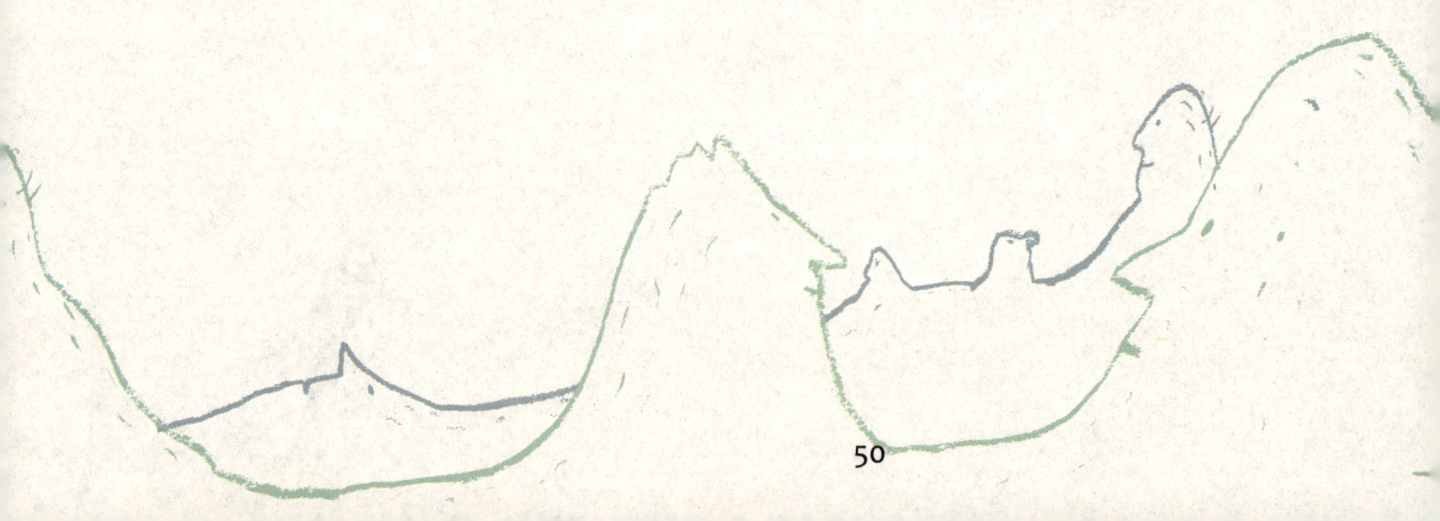

一旦什么地方的森林着了火，地球的山崖鼻马上就会闻到，并立即把溪水引向火场，让溪水泛滥，把火浇灭。

　　如果什么地方死去的动物臭气熏天，山崖鼻就会派几只山雕扑向腐尸，立即消除污秽。

　　这些鼻子当然也能享受草原山花的清香，深深地吸一口气，然后派遣蜜蜂飞向那里，帮助花草生育繁殖。

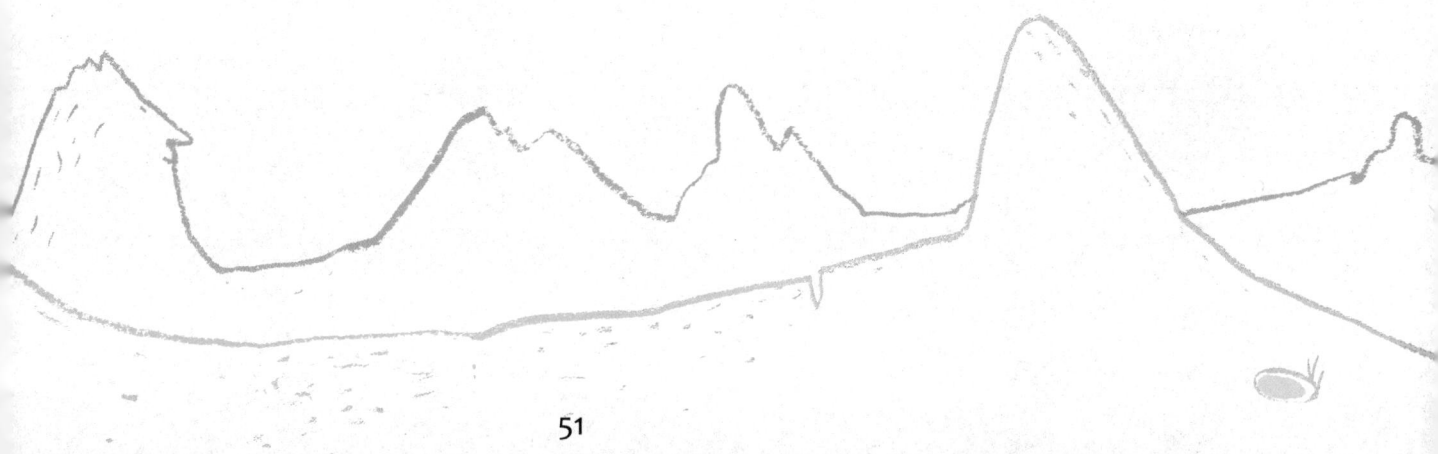

然而，一到秋天，它就很容易伤风。所有的鼻子都使劲打喷嚏，树上的叶子都被吹得摇摇晃晃，小松鼠们就会躲进巢穴。而到了冬天，所有的鼻孔都塞满了冰雪。春天来了，冰雪化成水滴下来，它又会伤风、流鼻涕，强烈的喷嚏会使猫头鹰雏鸟从巢穴里掉到地上，会把洞穴里的土拨鼠们从梦中惊醒。

后来有一天，地球说，其实我并不需要这么多鼻子。蜜蜂和山雕现在已经知道应该到哪里去了。偶尔发生一起山火，对我并无大害，因为新的植物会长出来。另外，住在我身上的动物已经够多了，我为什么还要当一只动物呢？

于是，它的鼻子们逐渐停止了运作，还有我们至今没有提到的眼睛、耳朵，都变成了另外的星球。

太阳和月亮对它表示祝贺。（弗朗茨·霍勒）

当世界还不存在的时候

从前,当世界还不存在的时候,周围的空间还很大。那时还没有篱笆,没有围墙。人们可以自由自在地走来走去。其实当时也没有走来走去,因为那时还没有地面。但还是可以运动的,例如飞翔、颤动。而且运动时也不会被四处乱扔的东西绊倒,例如鞋呀、书包什么的,因为这些东西那时都还没有。当世界还不存在的时候,人们至少有自己的安宁。没有人想干点什么,也没有人想说点什么。就好像收音机或电视机里没有节目,只有嘶嘶声或雪花般的画面。只不过更安静些,没有声音,没有雪花。

当世界还不存在的时候,人们也不需要戴太阳镜。无论白天还是夜晚,周围永远是漆黑的一片。很黑,黑得伸手不见五指。其实当时没有什么五指,也

没有眼睛，更没有人在看。除了笼罩一切的虚空外，什么都没有，包括最远的边缘。边缘，其实当时也没有，当世界还不存在的时候。（于尔克·舒比格）

在一切开始之前

在一切开始之前是一片虚无。
一只狗沙哑地吠叫着跑来。
虚无颤抖了,因为终于有了动静。
狗喘着粗气待了片刻,然后又沙哑地吠叫着到别处去了。
然后,又是久久的一片虚无。
后来才出现了宇宙。(弗朗茨·霍勒)

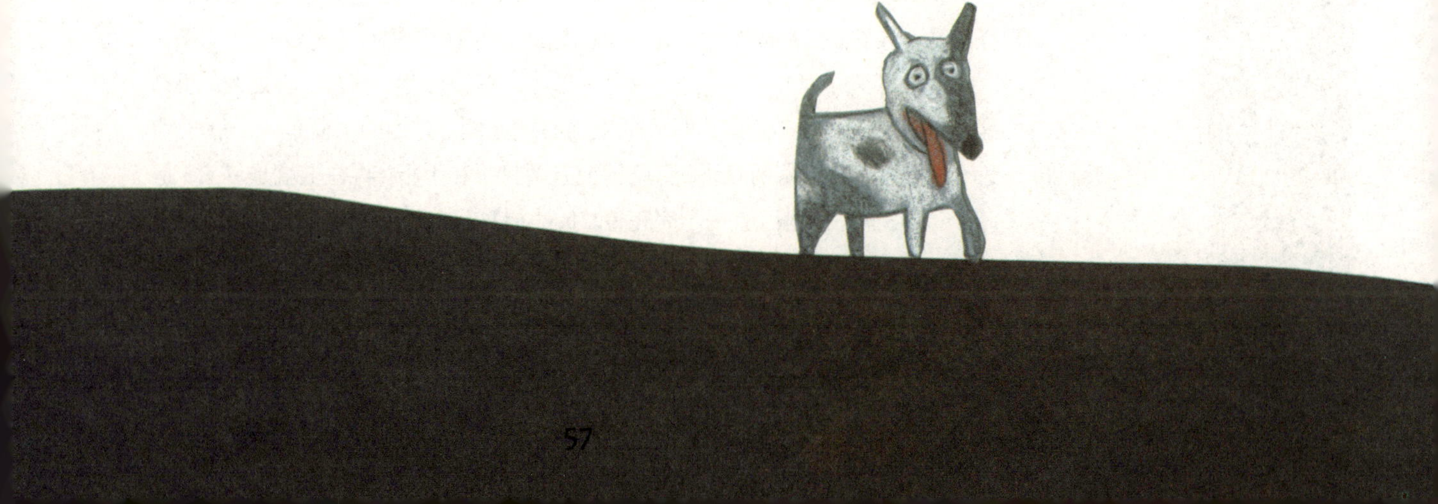

运动鞋

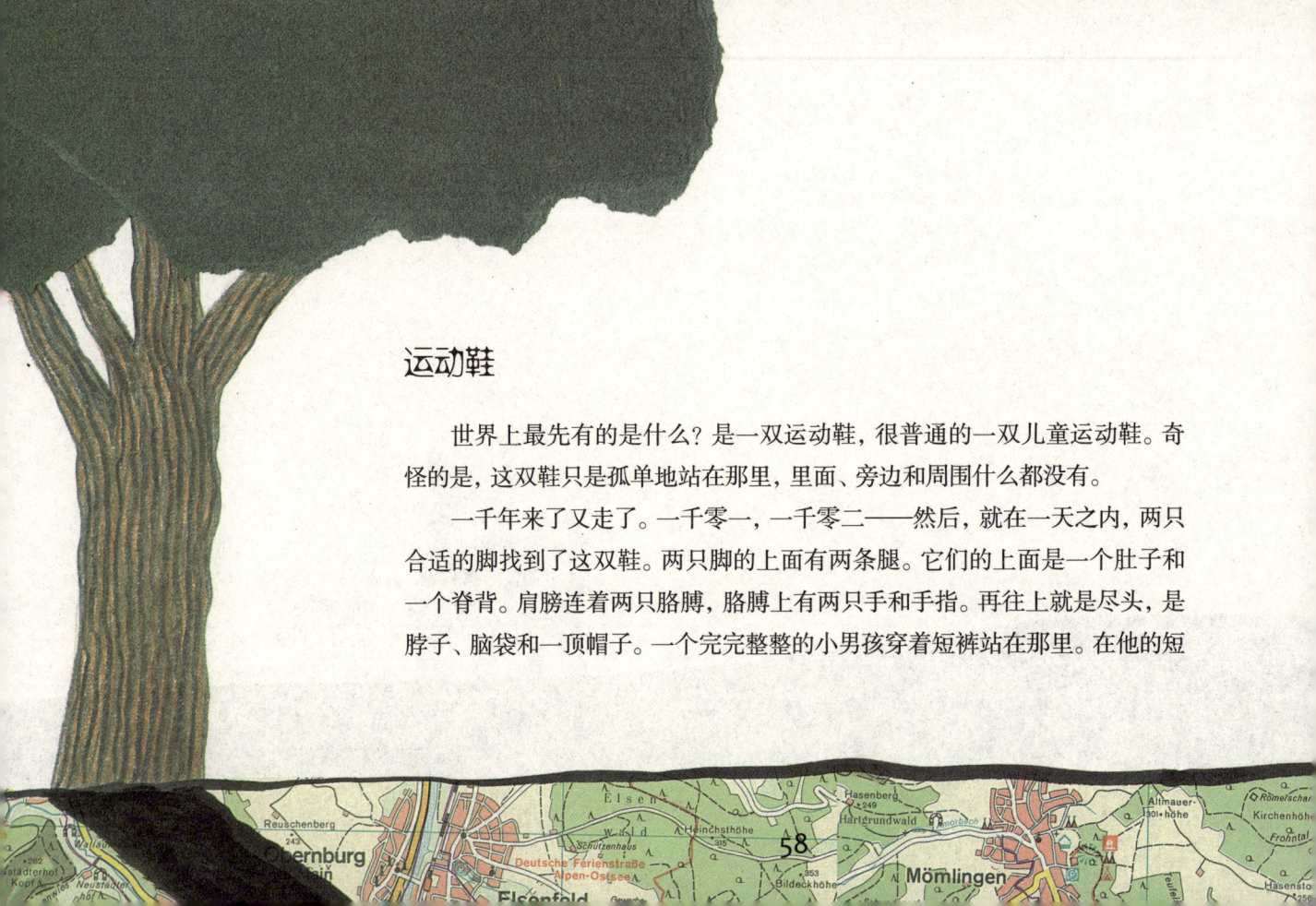

　　世界上最先有的是什么？是一双运动鞋，很普通的一双儿童运动鞋。奇怪的是，这双鞋只是孤单地站在那里，里面、旁边和周围什么都没有。

　　一千年来了又走了。一千零一，一千零二——然后，就在一天之内，两只合适的脚找到了这双鞋。两只脚的上面有两条腿。它们的上面是一个肚子和一个脊背。肩膀连着两只胳膊，胳膊上有两只手和手指。再往上就是尽头，是脖子、脑袋和一顶帽子。一个完完整整的小男孩穿着短裤站在那里。在他的短裤右兜里有一根小绳，左裤兜里是一颗马栗。

好吧，他果断地说，现在可以开始了。

他掏出小绳用两只手把它拉直，变成一条直线，这样就知道了上下和轻重。天地也知道了自己的位置。男孩把马栗放入松软的土壤，转眼间就长出了一棵马栗树。天、地和树，这确实是个不错的开始。

然后，其他的东西才一个一个地出现。天上有了太阳，马栗树旁有了一匹马和浓浓的树荫。太阳送来了温暖，树荫带来了凉爽。接下来又有了云彩，很多的云彩，随后就是不同的天气。雨下来了。人们看不见它从哪里来，但看见它来了，落到

了松软的地上。它忽然又不见了，不知道去了哪里。但很快就有溪水在流淌。溪水中有了鱼，云彩里有了鸟儿和鸟儿的歌唱。

马栗树上有了鸟巢。马蹄下面长出了青草。青草上不断有马粪蛋出现。

小男孩已经长成青年。他坐在树荫下，用手揪下一片白菊花的叶子，然后是第二片，第三片，口中说：她爱我，她不爱我，她爱我……白菊花的叶子一片一片被揪光了。青年不知道什么是爱情，更不知道谁会爱他。他想了想，却不知道想什么。他期待着，却不知道期待什么。

突然，他看到一个女人，于是知道了一切。女人站在他面前。即使在树荫里，她也光彩照人。她还有一副清亮的嗓子。

你好！青年说。他的嗓音不但不清亮，反而还有些沙哑。

女人坐到了他身边。他们一起享用女人篮子里面的东西：面包、奶酪和水果。他们一边吃一边笑。

吃完以后，女人说：好，现在可以走了。

马跑了过来。他们跳上马背。马朝着天的边缘跑去,那里突然出现了高山、山丘,参差不齐,但很美。(于尔克·舒比格)

彗　星

古代人认定的很多事情，我们今天都当做笑谈。比如以前的天文学家告诉我们，说有一颗星星很像一只小鞋。由于它在太空不同的地方出现，他们就认为这是一颗彗星，并把它叫做"童鞋"。

芬兰星象学家古奇·斯塔鲁奇16世纪时曾说，我们不知道它从何处来，又去了何处，但看来它是在做长途旅行。

然后，这颗奇异的彗星就从天文学家的望远镜和书中消失了。

一年前，加拿大的科学家有了一个难以置信的发现，开始时他们还试图严格保密。

他们用天文望远镜"光眼"在遥远的银河中看到一颗星，正是小鞋的形状。他们在观察的时候，发现这颗星正在离开银河。

加拿大学者在一份科学杂志中写道：我想，古奇·斯塔鲁奇说得很对。彗星"童鞋"不遵循宇宙的规律。它正在做一次长途旅行，前往那无垠的世界。
（弗朗茨·霍勒）

第一次旅行

世界有了高山和峡谷之后,很久都没有被人类发现。不同民族的人类,当时还相互隔离着。大家都说自己是"人类",都生活在自己的田地附近。他们当时认为,只要走到世界的边缘,一不小心就会掉进无底的虚空之中。

有个男人名叫伊西多,想去看一看那里到底是什么样子。

他要去哪里?

去世界的边缘。

真可怕!大家说。

但伊西多很想去看一眼那里的虚空。不论他去问谁,大家都只知道会掉进去。

伊西多的心像大鼓一样跳动。第二

天早上他就上路了。

他要去哪里?

去世界的边缘!

在很长的时间里,大家再也看不见他。但他却定期寄回明信片,上面写着对大家的问候。明信片上还印着许多叫不出名字的东西。在明信片的背面,他总是写道:我很好。

最后一张明信片的上面是可怕的空白,下面是一大片波浪。明信片的背面写着"多多问候"和"大海"。(于尔克·舒比格)

海 滩

海有这么大，真是难以置信。

第一批到海边的人，并没有单独去海滩，而是先问其他人是否愿意一起去，然后就手拉着手一起走向大海。

我们至少得有十个人才行，他们说，我们必须一起来看大海，否则我们是看不全的。（弗朗茨·霍勒）

67

胡说八道

　　最开始的时候,所有的东西都没有名字。而这个开始持续了很长时间。所有的东西都只是站在那里,或者躺在那里,悬挂着或者走动着。它们咯吱着、咔嚓着、呼啸着、打嗝着或者沉默着。柜子只是一个立着的箱子,床只是一个躺着的箱子。或者说那时还不是箱子,而是——很难说是什么。椅子只是站在那里一动不动、有四条腿的东西。狗也是四条腿,却不是一动不动。大概就是这个意思吧。

　　由于没有名字,就必须用食指指着某个东西。或者只能说这个,那个。而无法用食指指的东西,比如说快乐,当时还没有。

人类觉得，这是一个缺陷。生活对于他们来说，似乎有些残缺不全。他们四处走着，心中有了疑问，却没有适当的词汇进行表达。

今天人类有了各种词汇，但它们是从哪里来的？只有布谷鸟才知道。

布谷鸟断言，所有的词汇都是它给带来的。如果问它：你是怎么带来的呀？它就会说：当然是用嘴叼来的。然后人类就把这些词汇都放进了嘴里，就像草莓、花生，就这样它们逐渐变成了人类的语言。这真是胡说八道，有人说。布谷鸟点点头说：对极了，"胡说八道"是我用嘴叼来的最后一个词。

（于尔克·舒比格）

第一种语言

　　世界上第一种语言是埃克泰语，它只有两个词。

　　第一个词是"M"，第二个词是"Saskruptloxtqwrstfgaksolompaaghrcks"。"M"为阴性词，意思是：出了什么事？而"Saskruptloxtqwrstfgaksolompaaghrcks"是阳性词，意思是：没事。它们的来历是这样的：埃克泰人生活在一座休眠的火山口里，里面很深，而且经常有热气冒出来。每次一有什么动静，埃克泰女人们就会惊恐地跳起来，口中喊道：M！她们的男人就会平静地回答她们：Saskruptloxtqwrstfgaksolompaaghrcks。

　　这是埃克泰人使用的唯一的两个词。因为他们很忙，所以没有时间用语言表达其他的事情。

　　这个火山口中的埃克泰国，注定是一个不平静的国度。

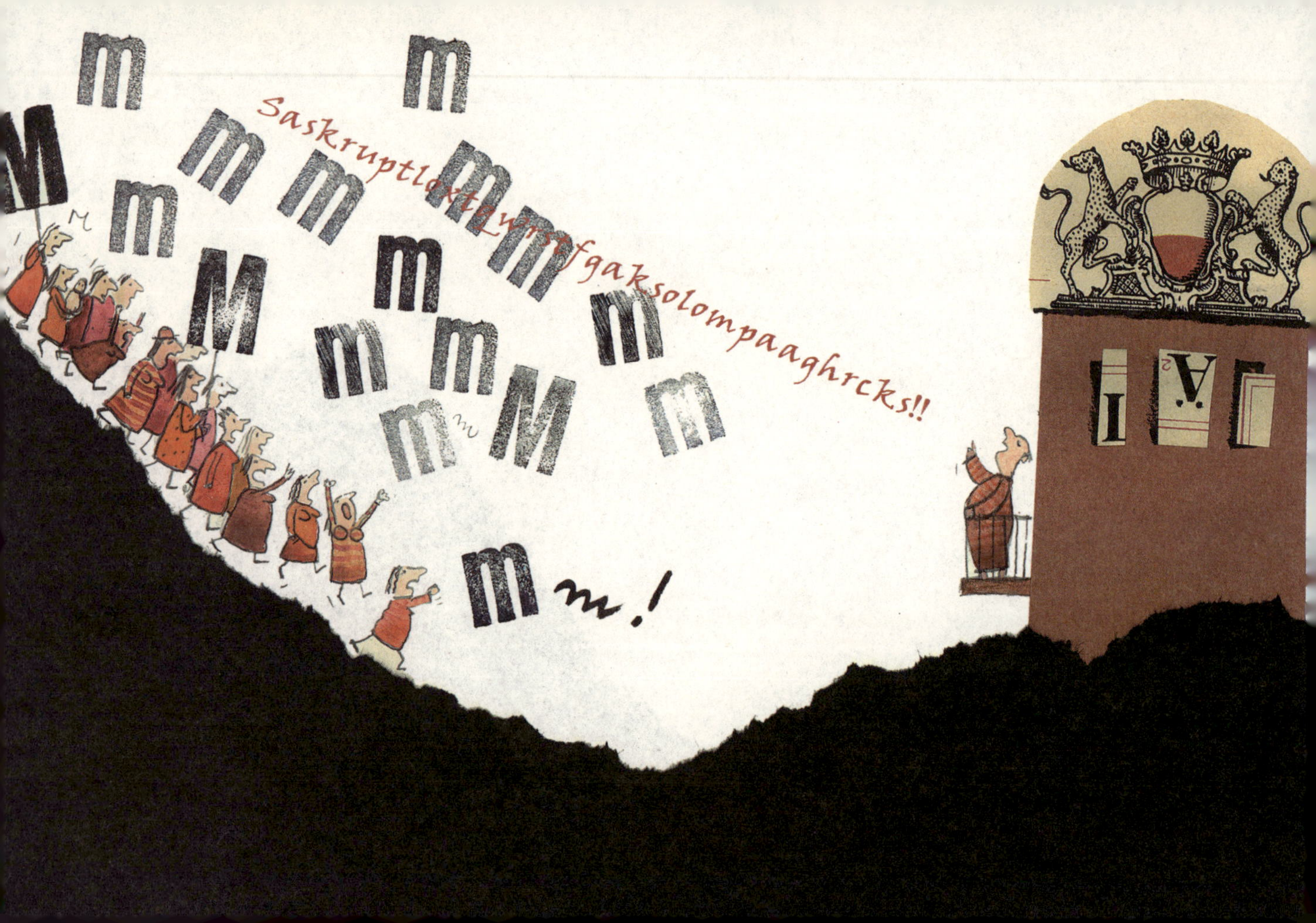

Saskruptloxtqwrstfgaksolompaaghrcks!!
m!

有一次,火山口里出现了死灰复燃的迹象,引起了国民的恐慌,甚至发生了政治示威活动。很多埃克泰人前往总统府,集体高呼口号:M! M! M! 埃克泰总统随即出现在官邸的阳台上,发表演说:Saskruptloxtqwrstfgaksolompaaghrcks!

虽然总统自己也知道,这样说不完全对,但不幸的是,他没有其他词汇可以使用。正因为如此,埃克泰语今天也就成为死亡了的语言。

(弗朗茨·霍勒)

乙当和丙当

　　这是关于两兄弟的故事，他们叫乙当和丙当。他们认定自己是世界上唯一的人类。那时的世界还到处都是高山、溪水、树丛、草地、草蛙、草蚊和蟋蟀。

　　乙当和丙当觉得一切都很新鲜，因为他们自己也是新的。

　　原来这就是世界，乙当说。

　　丙当说：还能是什么样呢？

　　乙当本来以为世界是另外一种样子，并不是更美一些，而是另外的样子。是什么样子呢？他也不知道。各种东西的间隔似乎应该大一些。到处都是东西，他埋怨道，人活动起来都很困难。

　　丙当不说话，他在思考。他指着刚从地下钻出来的长长短短的粉红色的动物说，那是一条条蠕虫。

　　噢，还有这样的东西，乙当叹口气说。他很奇怪，他的弟弟竟然知道这种

动物的名称——蠕虫。你是从哪儿知道的?

这是可以看出来的,丙当说。后来,当他们气喘吁吁地站到一个山丘上时,丙当说:如果我们能够知道各种东西都叫什么,那我们的生活就会轻松一半。

他们身边的一株灌木正在向四周伸展自己的枝干。

这是一株榛子树。

乙当沉默了。这次他也应该想点什么了。他想了很长时间。Good morning,他最后说。

丙当问:这是什么?

这是英文,乙当回答。

他们信步走着,由于赤裸着双脚,脚底板还很娇嫩,所以走得很慢。不仅脚是赤裸的,他们的肚子也是赤裸的,实际上全身都是赤裸的。所以乙当认为,他们应该制造鞋子和blue jeans。他的弟弟表示同意。

Blue就是蓝色，jeans就是牛仔裤。乙当说。

丙当讲了一个笑话。这是他的第一个笑话。他说：天空是blue。他笑了。

乙当没有笑，但说了：Yes。他补充道：Yes就是"对"的意思。

他们向平原望去。苍茫的平原使他们张口结舌，不知所措。

不知道这属于谁，乙当叹口气说。

丙当说：还能属于谁呢？当然属于我们两个。

乙当重复道：属于我们两个。这句话不知为什么成了他的口头禅。

丙当点了点头：属于我们两个。他用食指反复指着自己和哥哥。

乙当的目光跟随着弟弟的手指，然后说：我们永远搞不清楚，是属于你的还是属于我的。他建议把世界一分为二。那样问题就清楚了，也不会发生争执，他说。每个人都有自己的土地，自己的蠕虫，自己的榛子树，每个人都可以随心所欲，不再需要问另外一个人。

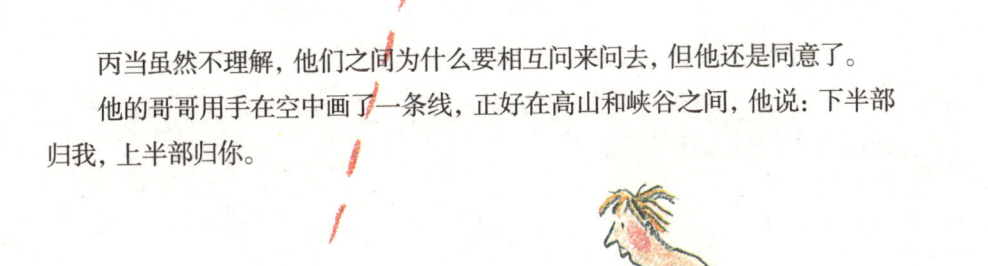

丙当虽然不理解，他们之间为什么要相互问来问去，但他还是同意了。

他的哥哥用手在空中画了一条线，正好在高山和峡谷之间，他说：下半部归我，上半部归你。

可丙当却说：或者反过来。他拿起一根树枝走进森林，在地上画了一道深深的沟，然后站在一旁说：右边归你，左边归我。由于他们俩面对面站着，所以搞不清楚这是什么意思。

于是乙当说：你说的左边是我的右边，你说的右边又是我的左边。我们怎么能够达成一致呢？

两个人吵了起来，直到丙当发现了一只细尾巴、长胡须、有四条腿的小动物，不停地在那条沟里跑来跑去。那是一只老鼠，丙当喊道，老鼠该属于谁呢？

等我们把固定不变的东西谈好以后，再谈活动的东西，乙当说。他认为一切都要有一定的秩序。

但丙当却不听他的意见。这时他发现了自己的影子。他往前走了几步，看看影子，又往前走了几步，这次更快一些。他试图摆脱掉影子。这是什么东西，乙当？它挂在了我的脚上不下来。

乙当发现自己的状况也不见得好多少，那个黑乎乎的东西也在跟着他走，模仿他的每一个动作，甚至模仿他的跳跃和突然转身。

丙当指着树木和灌木说：它们的身边都有这种东西，有的在前面，有的在后面，各不相同。但树木、灌木和石头的那个东西似乎要老实一些，它们只是躺在那里。

就是说，你也不知道这叫什么？乙当问。

丙当摇摇头。

好好想一想。它不叫什么，我们是知道的：它不叫老鼠，不叫榛子树，不叫蠕虫。好，please！

就在这一瞬间，或者是稍晚一些时候，他们看见一个小人，越来越大的小人，向他们走来。那是一个女人。女人向他们表示问候。两兄弟吓了一跳，也向她表示问候，并自我介绍说：乙当、丙当。

我叫夏娃，女人说。

乙当想：她肯定也想分一半世界。怎么办呢？只有两个一半啊：上一半和下一半，左一半和右一半，前一半和后一半啊！

一分为二，再除以三，这是一道无法解决的难题。

您身边有一个美丽的东西，丙当对夏娃说，很友善。但他声音太轻，所以她没有听明白。

乙当帮他说：我的弟弟说，您身边有一个美丽的东西。他指了指夏娃的影子，它和女人一样颀长。

　　我也很喜欢它，夏娃说，特别是早上和晚上。当然是天气好的时候。而中午它就显得太小太讨厌，我老会踩到它。

　　丙当小声重复道：天气好的时候。他向四周看了看，没有发现像天气的东西。但其他的东西都变得那么美丽。

　　乙当说：您在这儿有多久了，夏娃？如果我可以问的话。

　　我不知道，夏娃笑了，你们去问亚当吧，他是我的邻居。他记性好。

　　又得一分为四了，乙当想。丙当什么都不想。

　　你们呢？夏娃问。你们是从外边来的吧？

　　我们？兄弟俩问。

　　我们就是这里的。丙当说。

乙当用手指了指周围：我们从到处来。乙当的"到处"指的是从他的脚下直到远处的一座山。山的后面还有属于"到处"的东西，他就不可能知道了。

这个故事没有说明两兄弟的来历。夏娃把他们看成是流浪汉。亚当把他们看成是外国来宾，为他们端上了又苦又温的啤酒。

亚当喝啤酒时，唱了一首情歌。声音很响，足以让花园里的夏娃听见。

Blue jeans哪儿都找不到，却可以找到夏娃的妹妹艾玛织的男女长衬衫。

古德尔

胡戈

伊姆

哈桑

弗雷德

汉斯

伊万

格蕾特

哈诺

凡宏

艾玛有一只温和的白母鸡和一张柔软的白床。丙当看上了她,那是一见钟情。但艾玛却要多看几眼丙当,才觉得他有些可爱。他们生了无数的孩子:女孩有艾尔萨、埃丽卡、爱腊等,男孩有丁当、戊当、己当等。

每生一个孩子,丙当就问:世界到底要一分为几呢?

故事到这里就讲完了,乙当来不及再说一句话。(于尔克·舒比格)

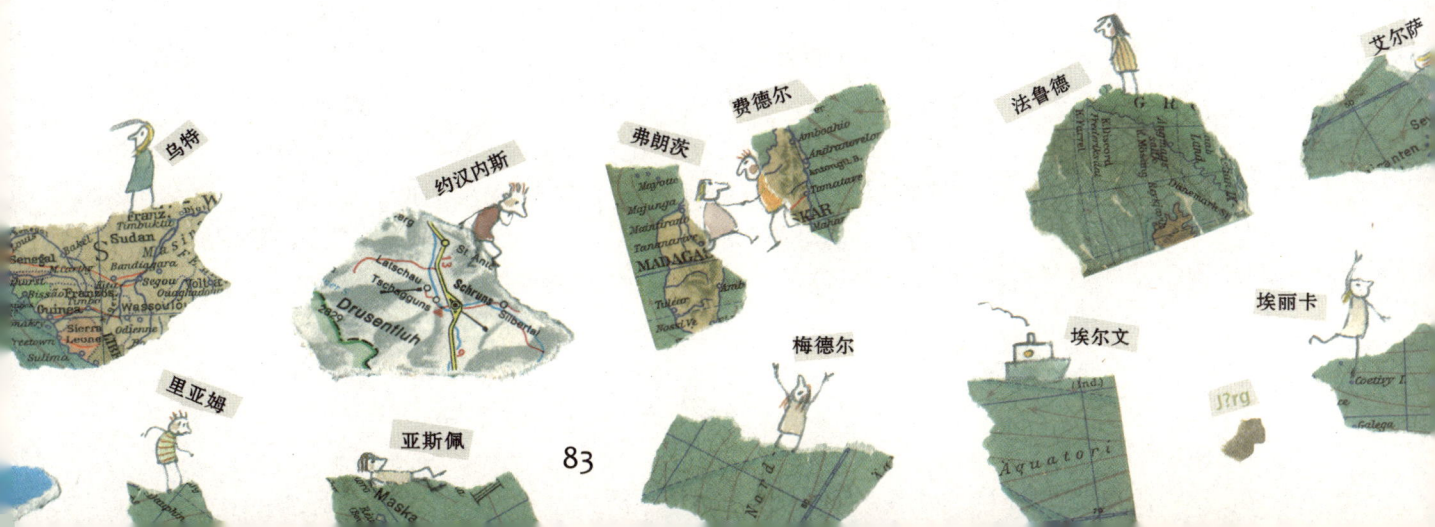

第一句话

过了很久很久，人类才能够说出一句完整的话。

开始的时候，他们只能说单个的词。当时的每一个词都包含很多不同的意思。比方"母猪"就不仅是"母猪"的意思，它同时也是兔子、小鸟、蝴蝶、老鼠、大象、蚊子；而"湖泊"除了湖泊的意思外，还代表雨、河流、水、雪、冰、冰山；如果一个男青年和一个女青年相爱，他们就只说：噢。

但是，一个男青年如果爱上了一个拥有黑色长发的女青年，那这个词就太短了。

于是，他走出自己的洞穴，坐在一块岩石上整整想了三天。然后，他走向那个漂亮的黑色长发女子，深吸了一口气说：我喜欢你。

女子马上就知道了这是什么意思，因为她也喜欢他，便把手伸给了他，他们就待在一起了。

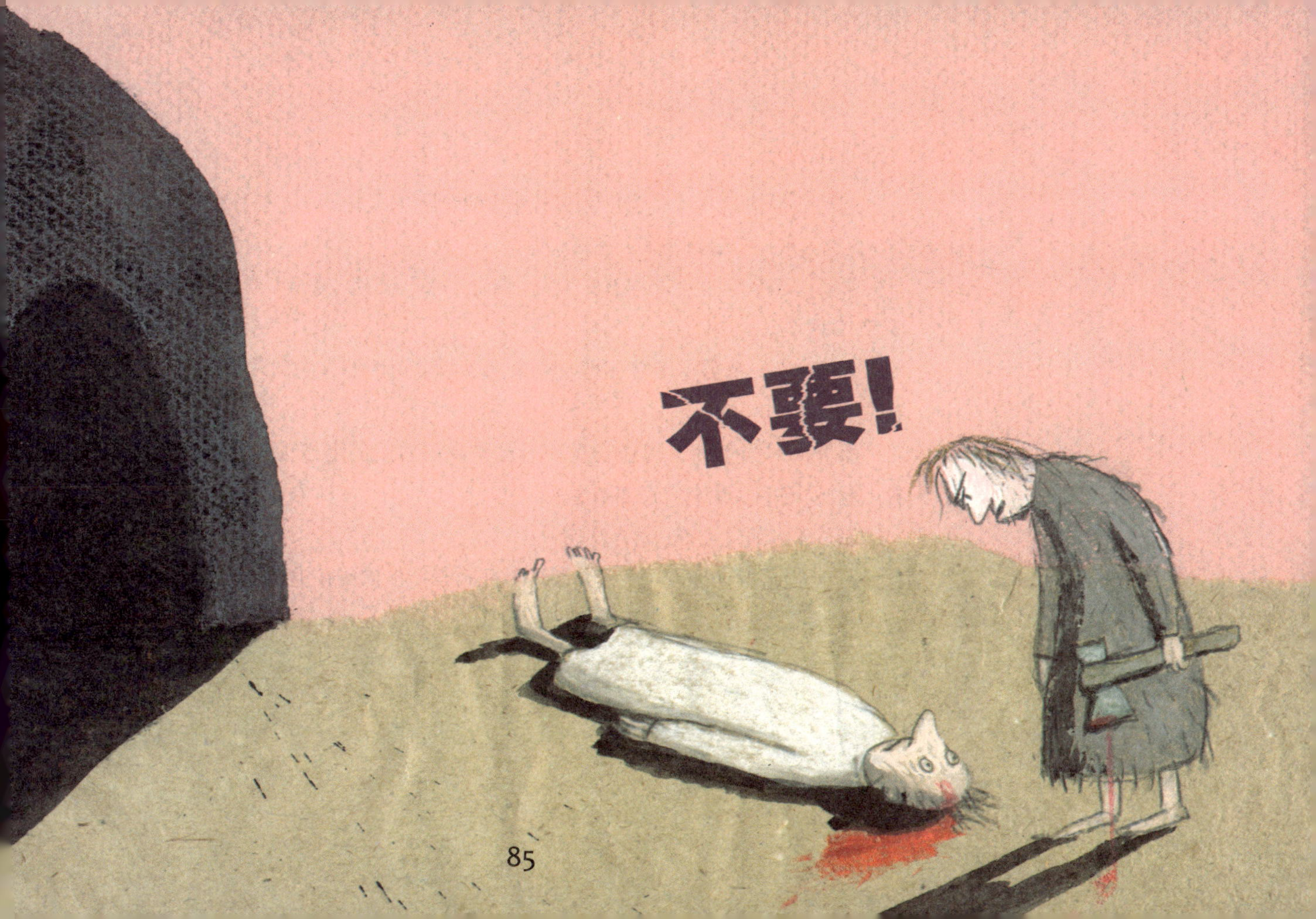
不要!

这句话很快就在人类当中流传开来。两个陌生人相遇，先是相互审视对方，直到其中一个走过来说：我喜欢你。

所以这四个字也就同样意味着："伸出手来"或者"爱情"或者"欢迎"或者"和平"。

有一次，一个男子带着一把石斧来到发明这句话的人的洞穴前，那个人这时已经老了。

那个人对当年拥有黑色长发而今已是满头白发的妻子说，你在这里等着。那个人独自走出洞穴迎向陌生人。

那个人对陌生人说：我喜欢你。

但对方却回答：我不喜欢你，随即举起石斧把他砍倒在地上。

从此这个"不"，就是"战争"的意思了。（弗朗茨·霍勒）

不一要!!

老鼠!

动物的名字是怎么来的

"鳄鱼"一词来源于埃及语,意思是:嚯,又躲过一劫!

狗以前叫"手",因为就像手有很多手指一样,它有很多条腿——四至五条,那就要看狗的尾巴算不算一条腿,或者大拇指算不算手指了。

叫驴之所以叫做"叫驴",是因为它的嘴很大。

鹿其实根本就不叫"鹿",而是叫别的。但因为它的名字太长,又不好念,没人记得住。如果当时有人能够记住,如今就会沿用那个名字,就知道它到底叫什么了。现在人们之所以叫它"鹿",就因为这个名字比较简单。"鹿"叫起来简单,却是错的。

母牛叫"母牛",因为它长的就是这个样子。

猫之所以叫"猫",是因为它长得和其他叫猫的动物一样。

一只叫"猫"的猫,其实更希望被叫做"老鼠"。但因为老鼠已经有了名字，而且很久以前就是这样，为了不混淆，猫就只好保留了这个名字。

　　两个男孩在森林中发现了一只他们从未见过的毛茸茸的鸟。一个男孩用手指着鸟对另一个男孩说：看，看！从那时起，这只鸟就叫"看看"，有的方言把"看看"说成"顾顾"，再加上有人口齿不清，"顾顾"就变成了"布谷"。

　　"鹦鹉"的名字来源于印地语，意思是：让我把话说完，好吗？
　　乌鸫是唯一没有名字的动物。因为在古语中"勿懂"就是"不知是什么"的意思。（于尔克·舒比格）

寒冷来自何方

在遥远的北格陵兰,有一座冰山,山顶上坐着一只巨大的寒蜂,重约两万千克。它很想飞翔,却因翅膀软弱无力而无法实现。尽管如此,它还是不断地扇动着双翅,始终期望有一天能够成功地飞起来。它的翅膀把冰冷的空气一直扇到了我们这里。整个冬天,它都不停地扇动着,直到春天它才精疲力竭地沉沉睡去。幸亏是这样,否则我们就没有夏天了。

夏天,沉睡中的寒蜂做了一个梦,梦见自己飞上了天空。一个怕冷的聪明人给寒蜂寄去了一盒安眠药,他希望寒蜂在冬天也能沉睡不醒。但信差是头非常好奇的北极熊,它打开邮包,自己把安眠药吞了下去。

从此,就再也无法向北格陵兰寄送邮件了,因为北极熊一直睡到了今天,而且它是唯一知道寒蜂住在哪里的信差。所以也就没人知道寒蜂目前的境况,但是只要每年还有冬天,我们就可以肯定,它还活着。(弗朗茨·霍勒)

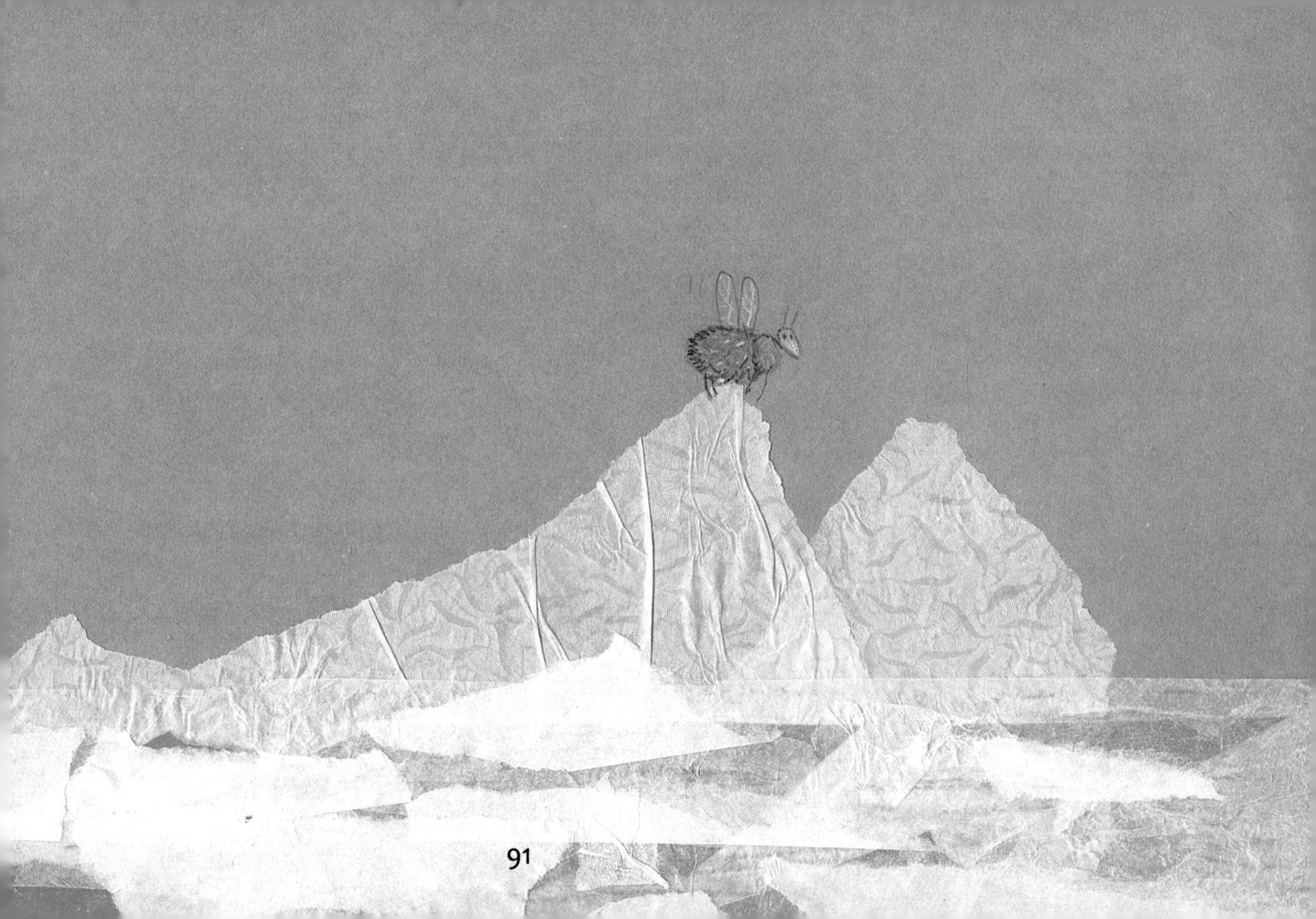

骆驼的眼神为什么如此疲惫

过去,骆驼是一只好奇的动物,眼睛总是睁得大大的。当时它还生活在一个长满青草和苹果树的国度里。有一次,它在外面走了很久,第二天来到了一片沙漠的边缘。沙漠里到处都是沙丘。骆驼很吃惊:怎么这里只有沙子?它想,沙丘后面必然还有其他东西啊!于是,它走向第一个沙丘,并且从它旁边走过。

沙丘后面是另一个沙丘。骆驼继续往前走。那后面必然有什么东西,它又这么想,便朝着下一个沙丘走去。但这个沙丘的后面仍然只有新的沙丘。就这样,骆驼走过十个、百个、千个沙丘,渐渐来到沙漠的深处。

那后面必然有什么东西的,它始终这么想,必然有东西,必然有东西,必然有……

骆驼继续往前走。它又累又渴,眼皮也越来越沉重,盖住了眼睛。来到最后一个沙丘时,骆驼终于失去了最后的勇气。后面什么都没有,它想。但最后一个沙丘后面却有一片树林，树荫下还有一汪泉水。骆驼走向泉水，开始狂饮。什么都没有，它想。骆驼继续饮水，眼睛几乎完全闭上了。它想：那后面什么都没有，什么都没有。

　　从那一天起，骆驼的眼神就总是那么疲惫不堪了。（于尔克·舒比格）

狮子为什么吃肉

最早的时候,狮子只吃香蕉。它们去香蕉树下用爪子使劲摇晃树干,香蕉就会掉下来。

然后它们会扒开香蕉皮,把皮扔到香蕉树下它们挖的坑里。

有一次,一头初生的小狮子却不愿意这么做。

我不想吃香蕉,它说,我想吃点别的。

桌子上有什么就应该吃什么,它的母亲说,并把一只香蕉塞给它。

它嘟囔着、咕噜着只吃了一半，就顺手把剩下的连同香蕉皮扔了出去。结果它父亲嘴里叼着一串香蕉回家时，踩在香蕉皮上摔了一跤。于是，生气的老狮子打了小狮子一爪子，却没有起任何作用。小狮子就是不愿意吃香蕉，因此一直长不大，又小又弱。香蕉皮也总是顺手乱扔。

有一次，一群羚羊跑了过来，小狮子吓得赶紧扔掉香蕉皮，躲到一棵棕榈树后面。

一只羚羊不小心踩到香蕉皮滑倒在地上。就在那一刻，小狮子连想都没想就冲了过去，咬断羚羊的喉咙，贪婪地喝起它的血，吃起它的肉来。

呸！狮子母亲喊道，你这样做，其他狮子会怎么看我们呢？

那些羚羊会怎么看我们呢？狮子父亲吼道。

但是，小狮子却继续吃着，越吃越兴奋。当下一群羚羊来的时候，它扔出一块香蕉皮，然后冲向一只滑倒的羚羊。

狮子父母见小狮子逐渐变得又大又强壮，它们也尝试了一次吃羚羊。狮子父母慢慢发现肉才是它们真正的食物。其实它们从来就没有喜欢过香蕉。

狮子们的身体越来越壮,跑得越来越快,很快就能赶上奔跑的羚羊了。它们把羚羊摔在地上然后吃掉。至于用香蕉皮让羚羊滑倒的方法,它们早就不用了。(弗朗茨·霍勒)

魔鬼为什么是坏心眼

上帝和魔鬼本来是铁杆朋友。这当然是很久以前的事情了。他们共同飘浮在黑暗之中,共享欢乐,共度寂寞。

他们有什么可说的呢?

有一次魔鬼说:我们已经飘浮了半个永恒。

上帝在黑暗中点点头。

我得做点什么,魔鬼说。

做什么呢?

我造一个日落吧。你觉得怎么样?

上帝没意见。

魔鬼用他黑黑的手指在黑暗中捣鼓了一阵。最后做成功的只是一堆红红的炭火。亮度刚好能够照见上帝微笑的样子。

上帝把手放到炭火上。很暖和,他说。过了很长一段时间以后,他说:如果你想造一个日落,就得先造一个太阳出来。

太对了,魔鬼表示赞成。

上帝给他演示如何制造太阳,周围一下子明亮起来。

魔鬼模仿上帝的方法,却只造出了月亮。上帝大笑。魔鬼也小笑了一声。

如果太阳应该落下,上帝继续说,那就需要一样东西,例如一座山,这样太阳就可以落到山后面去了。

很有逻辑,魔鬼说。他看着上帝如何造山,然后照着去做。但他费尽力气做出来的,却不是山,而是峡谷和深渊。

喂,要小心,否则会从这上面摔下去的!上帝说。

谁会摔下去?魔鬼问。

随便是谁。

随便是谁!魔鬼欢呼起来。我们把他造出来!当他还在思考这个"随便是谁"应该是什么样子的时候,上帝已经把人造了出来,有血有肉,还有一双充满疑惑的眼睛。

魔鬼认定这个人就是"随便是谁",是为了用来摔下去的,于是就把他推下了深渊。

上帝愤怒了。魔鬼也愤怒了。上帝把魔鬼叫做"暴徒兰波",魔鬼则叫上帝——唉,反正是一句难听的骂人的话!

上帝又造了两个新人:一个男人和一个女人。魔鬼把男人叫做"讨厌鬼",把女人叫做"傻山羊"。为了丑化上帝的作品,魔鬼就把女人的头发搞乱。结果女人头上反而出现了小发圈和小发卷,惹得男人非常喜欢。他看了她一眼,就跟着她走了。

山羊,上帝说,好主意!于是,他造了一只山羊,然后又造了公羊,然后是矮脚羊、岩羚羊、雪羊。

魔鬼则造出了雪,幸灾乐祸地把上帝的山覆盖住。雪在阳光下融化成了水。水穿过山峦、峡谷和深渊,最后流到谷地。于是湖泊和海洋出现了,它们把山谷淹没了。

上帝说，造出这水，真是好主意。他又造出了鱼类。由于天空还显得太空旷，为了平衡，他又造出了鸟类。而魔鬼则造出了蝙蝠。

　　上帝造出了老鼠。魔鬼就造出了猫。

　　上帝又造出了狗。

　　事情就这样继续下去。魔鬼的情绪越来越坏，坏心眼越来越多。事到如今，他都快被坏心眼憋死了。（于尔克·舒比格）

钟

胡萝卜

A

102

白天

魔鬼的故事

在第一批人类生活的时代,还没有魔鬼。那时,有一个老人很会讲好听的故事。他住在一个用榛子树枝搭成的窝棚里,每到晚上人们就会聚集在他的周围听他讲故事。

老人常常讲一个讨厌的家伙,由于他老爱搞恶作剧,就给他起了个名字叫"魔鬼"。他说,这个家伙很容易辨认,因为他头上长着两只犄角,腿上长着两只马蹄,走起路来有些跛,而且善于变化,有时变成女人,有时变成一片荆棘,有时变成公羊或者其他动物。他确实可以变成一切。

这个老人的部落里都是些友善而平和的人,可是当老人问他们要听什么故事时,他们都会异口同声地喊道:魔鬼,魔鬼!

最积极的听众是一个年轻的男子。有一天,他决定去捉拿魔鬼,便走出了村子。他看见一只公羊,就立即把它踢翻在地,并割下它的一只蹄子。年轻男子觉得,这个动物长着美丽的弯犄角,肯定是魔鬼变的。

但公羊的主人却把他毒打了一顿，还把他赶走了。

他走到下一个村子，又看到一只山羊，于是又把它打倒在地，割下了它的两只犄角。他敢肯定，这不是别人，肯定是魔鬼变的。

但牧羊人把他狠狠地打了一顿，也把他赶出了村子。

到了下一个村子，他在村口看到一只公牛，便把它打倒，把它的尾巴和两只犄角都割了下来。公牛凶狠的眼睛让他确信，它肯定是魔鬼变的。

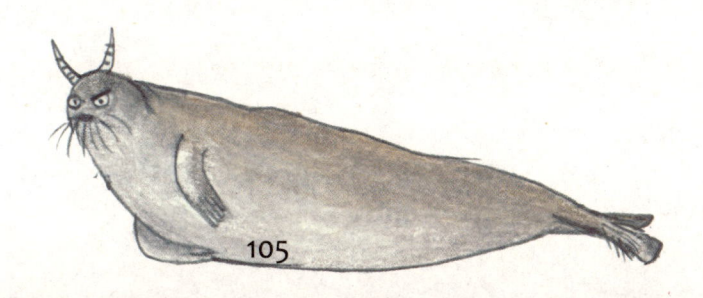

但是村子里的人都跑了出来,把这个年轻男子打得险些丧命。

他一瘸一拐地离开了这个村子,把尾巴安在自己的裤子后面,把山羊犄角安在头上,把山羊蹄子绑在脚上。从此以后,他就只做坏事,所以人们也就叫他"魔鬼"。人们确信,他一直就存在,而且会一直存在下去。(弗朗茨·霍勒)

天使来访

　　一个很老的天使，不久前去了地球，在电视里亮了相。他坐在一张皮椅上，两只翅膀从椅背一直拖到地毯上。
　　您比我们的世界还要老，天使先生，一个电视女主持人说，您是创世纪的见证人。
　　天使点点头。
　　那时是怎么开始的呢？整个事件？她问。
　　当时就是一阵咕噜声，天使说，我的妻子还直埋怨，问发生了什么事情，因为在那之前什么都没有发生过。
　　您是说，您的妻子？
　　是的，当时我们大部分都是有妻儿老小的。
　　太好了，女主持人很兴奋。
　　天使不说话了。

那么，女主持人说，是一阵咕噜声。后来呢？

后来？后来什么都没有发生。现在只是在变天的时候才会出现这样的咕噜声，当然还有火山爆发的时候。而且，我们的世界还一直处在初始阶段呀。

从那时到现在，我们有了天和地，天使先生，电视女主持人提出异议，还有了植物、动物和人类呀！

天使笑了。请您仔细看一下：您周围这一切根本就不能算是世界。他向四周指了指。这只是一个试验。他指着电视女主持人说，您也是一个试验品。

短暂的沉默后，女主持人大笑起来。

天使接着说：星星算是基本完成，太阳也是。每天的日落已经相当完美。月亮还在试验当中。某些植物也算是成功之作，例如蕨类或者苹果树。动物嘛，比如一些鸟类。

还有鱼类，女主持人说，例如斑马鱼。

天使点点头。

金鱼和金雉算是例外吧。

那么人类里面也应该有吧,天使先生。

天使保持沉默。

女主持人也沉默了。过了一会儿,她说:人们修建了大教堂。

他们发动战争,天使说。

他们照料病人。女主持人说。

天使叹了一口气说:是啊,反正这是一个充满了缺陷的世界。对不起,这里不是我住的地方。

天使站起身来,伸展了一下弄皱的翅膀。等到世界造完的时候,他说,我还是很愿意再回来的,回来参加建成仪式。他问候了一声就走了。人们发现他有点跛脚。

他快要消失时,突然回过头来。人们只能听到他的声音:如果您想送给我临别礼物的话……

当然，很乐意，很乐意！女主持人喊道。

您想要什么呀？

一个新鲜的面包，那个声音说。（于尔克·舒比格）

一个小小的结尾

天使朝天上飞了一段以后,再次转过身来。他很吃惊。

原来地球所在的地方,现在飘浮着一个大面包。

面包散发出诱人的香味,好像刚刚出炉一样。

天使扇了三下翅膀,其他天使都来到他的身旁。天堂的使者都来齐了,他们用疑惑的目光望着第一个天使。

第一个天使说:我们天使一般是不吃东西的,今天就破个例吧。这个美味的面包就送给你们了。别害怕,我祝你们有个好胃口!

于是，四周立即响起了翅膀扇动的沙沙声，所有的天使都坐到面包上，开心地吃了起来，最后连面包渣都没有剩下。

味道好极了，他们喊道，太妙了，太美了！还有吗？

第一个天使说：不，没有了。这个面包是地球，世界上只有一个。（弗朗茨·霍勒）

114

尤塔·鲍尔

1955年生于德国汉堡，在汉堡美术学院学习，现生活在汉堡。她曾为多本童书画插图，并出版过多部卡通和图画故事书。她的封面画极有个性。为Beltz & Gelberg出版社绘过插图的书有：《前往奇迹岛》《狗来了》等。她的艺术创作高峰出现在与作家诺斯特林格合作的《一个和所有》一书中，共绘制365幅彩色插图。这本书曾获得"年度最美图书奖"。她为描写幼儿园的图画书系列《七月》所画的插图使得这本书成为最受欢迎的童书。在《生活在城市中》（作者：施塔姆）一书中，鲍尔创作了梦幻而抒情的图画。除了插图外，她自己也为图配文。由她一手包办文字和图画的书——《寻找幸福的小羊塞尔玛》《吵架的妈妈》《彩色的女王》《外公的天使》等，曾荣获特洛伊多夫图画书奖、天主教青少年图书奖、北威州童书奖和德国青年文学奖等。

于尔克·舒比格

1936年生于瑞士苏黎世,曾从事各种职业,在大学攻读日耳曼语言文学、心理学、哲学。曾在父亲的教育出版社担任出版人,现在瑞士的苏黎世和提契诺任自由撰稿人和心理治疗师。他的第一批作品发表于1971年,书名为《给人看的东西》。弗朗茨·霍勒在这本书的序中说:"介绍于尔克·舒比格是一件乐事,因为他有真正的诗人经历。他从事过各式各样的工作:在法国南部当园丁、在提契诺当葡萄种植者、在科西嘉当伐木工,他还当过学徒,差一点就出师(纸板切割师傅)。后来他为了弥补耽误的时间,通过自学完成了中学的学业,上了苏黎世大学,写了一篇论文是关于卡夫卡的《变形记》的。"

于尔克·舒比格还写过小说,如《意外的绿色》《遗留的鞋》《哈勒和海伦》等。1978年至今,他以给孩子写故事为主:《这条狗的名字叫天》《狮吼》《当世界年纪还小的时候》《母亲父亲》《我和她》《海在哪里?》以及《威廉·退尔的故事》。于尔克·舒比格曾获德国青年文学奖、瑞士青年图书奖等多个奖项。

弗朗茨·霍勒

1943年生于瑞士比尔，成长于瑞士奥尔滕，现在苏黎世当卡巴莱喜剧演员，并从事写作。1965年在大学里学习日耳曼语言文学和罗曼语言文学时，就曾发表第一部文学音乐独角戏剧本，此后经常在德国和瑞士进行独角戏演出，为电台和电视台编写节目，撰写剧本和电视剧，并发表小说《新山》《洪水》等，但重点是写故事。他写的大多是奇异古怪、令人深思和有深刻含义的故事，已收集成册的有：《复活节成年的边缘》《岛上的人》《蓝色的蚂蚁》《奇怪的一天》等。他的很多儿童故事都收集在由海德巴赫插图的《巨人和草莓酱》一书中。从60岁起，他开始周游祖国瑞士，发表了52篇游记。值得注意的是他和舒比格于1968年共同发表了《走来走去的故事》。

亲爱的弗朗茨：

　　你是一个爱山的人。多年前你曾建议我们共同去登大米滕山，因为对初学者来说，它要比弟弟小米滕山更容易攀登一些。可惜直到今天也没有成行。但是这本书却成功了。因为你是个可靠的人，也因为你是个与众不同的人。

　　我们轮流讲故事的方法，给我很多启发，光我自己是想不出来的。我们共同在"造物"，就像故事中上帝和那个坏心眼的魔鬼一样。不知魔鬼是你还是我——或者完全是另外一个样子？

　　在城里向你致以热烈的问候。

　　　　　　　　　　　　　　　　　　　　　　　　　　　于尔克

亲爱的于尔克：

　　信我是在山里收到的。

　　昨天我离开了位于山谷里的家，穿过乱石一直往上爬。因为在森林的那边，一座高原上有一片小小的湖水，它的名字叫"Bel Giardin"，就是"美丽的花园"的意思。

　　这个湖的一半，被漂浮着的绿色沼泽和泥浆覆盖着，上面开着成千上万朵花，却都是一个模样：白色的头顶。我记得，人们把它们称为"毛草"。这里的寂静让人难以置信，景色也是如此。周围是粗犷的岩石山峰，中间是这片草花湖水。

　　这就是造物的一部分，可我没有想到。

　　但我们却想到了其他的故事，我很高兴。

弗朗茨

另：我还忘记了大米滕山。秋天怎么样？

航空

最开始的时候,
所有的东西都没有名字。
而这个开始持续了很长时间。
所有的东西都只是站在那里,
或者躺在那里,
悬挂着或者走动着。